돌풍과 소강

sempé

돌풍과 소강

장자크 상페 글 · 그림 | 이원희 옮김

BOURRASQUES ET ACCALMIES
by
JEAN-JACQUES SEMPÉ

이 책은 실로 꿰매어 제본하는 정통적인 사철 방식으로 만들어졌습니다.
사철 방식으로 제본된 책은 오랫동안 보관해도 손상되지 않습니다.

아니, 난 안 갈래. 저 여자가 예술 작품이라고 대답하면 내가 바보 같은 표정을 지을 것 같거든. 저 여자가 물이 새는 거라고 대답해도 바보 같은 표정을 지을 테고.

앵그르 페이퍼, 반 다이크 브라운, 반 고흐 옐로, 렘브란트 레드, 샤르댕 화이트, 우첼로 블랙, 베로네세 그린, 피에로 델라 프란체스카 오커, 델프트 블루, 벨라스케스 퍼플, 프라 안젤리코 골드, 벨리니 로즈, 다음은 내 차례니 기대하세요!

조약돌 부딪치는 소리랑 딜러가 갈퀴로 밀어내거나 긁어모을 때 칩 부딪치는 소리가 닮았다는 걸 아셨군요. 덕분에 나는 이제 카지노에서 도박을 하지 않아요. 파도가 조약돌을 밀어 주면 내가 땄다고 생각하죠. 딜러가 칩을 긁어 간다고 상상하면(빠지는 물에 쓸려 가는 조약돌은 다양한 소리를 내죠) 내가 잃은 거예요. 어제저녁에는 파도가 밀려올 때마다 바닷물이 조약돌을 많이 밀어 줬고 나는 매번 땄지요. 상당한 금액이었을 겁니다. 그때 그만뒀으면 좋았을 텐데 계속하다 다 잃었죠. 오늘 저녁에는 만회할 것 같네요.

CASINO

정육점
우리는 고기의 생산지를 알고 있습니다

생산지 표시는 찬성해. 하지만 어린 송아지가 살던 마을, 풀밭, 엄마와 형제들, 사촌과 뛰놀던 시냇물, 심지어 송아지가 도살장으로 떠나는 순간까지 자세히 알려 줄 필요가 있는지 모르겠네. 나는 차마 고기를 말아 끈으로 묶거나 얇게 썰지 못할 것 같은데 정말 손님이 고기를 사 가길 바라는 건가?

참 기분이 묘하군, 마리아녜스, 늙는다는 게 이런 건가. 어릴 적 푸른 낙원의 이미지가 하나둘 떠오르니. 50상팀 동전, 10프랑 은빛 동전, 50프랑 동전, 백 프랑 금빛 동전, 너무 커서 지갑에 넣으려면 두 번 접어야 하는 천 프랑 지폐…….

당신, 무슨 생각 하는 거야?

유명 디자이너들과 얼추 비슷한 옷을 만들어 낼 만한 젊은 디자이너를 알아 두면 좋겠어. 대가들의 형제나 사촌 역시 전도유망한 화가라서 그 대가들과 견줄 만한 그림을 저렴한 값에 그려 주기도 하잖아.

잔카를로 델라 조바넬라의 이 그림, 「집안의 논쟁」은 제목이 잘못된 것입니다. 수 세기 동안의 수수께끼가 최근에 풀렸거든요. 전문가들(연대기 작가, 언어학자, 언어 치료사)이 아버지와 아들 사이에 오간 대화를 재구성할 수 있었지요. 아들 왈 〈폭풍우가 몰아칠 것 같은데 교통 혼잡을 피하려면 당장 로마로 돌아가야 합니다〉. 아버지 왈 〈그거 현명한 결정이구나, 아들아〉.

요청하신 번호는 통화 중입니다. 통화가 끝나는 대로 연결하시려면 5번을 눌러 주세요. 고객님은 어제저녁과 그제 저녁을 비롯해 이미 세 번째로 전화하셨습니다. 요청하신 번호는 어제저녁, 그제 저녁과 마찬가지로 32분 전부터 통화 중입니다. 업무 시간 외에도 흥분이나 불안 심리에 대한 상담을 받으실 수 있습니다. 7번을 누르고 신용 카드 번호를 입력하시면 고객님의 불안증이나 의심증에 관해 상담한 경력이 있는 심리 분석가의 도움을 받을 수 있습니다. 요청하신 번호는 여전히 통화 중입니다. 우리 심리 부서에서는 필요한 경우 이혼 관련 법률 상담 부서로 돌려 드릴 수 있습니다. 신호음으로 계속 고객님의 전화를 알리고 있는데도 요청하신 번호는 35분이 지난 지금도 계속 통화 중입니다. 어제저녁, 그제 저녁과 마찬가지로.

담배 피우는 친구들이 있으면 아름다운 동네에도 저런 게 점점 더 생기겠네요.

이블린, 이 회오리바람이 우리를 이끌어 주지 않을까요? 사랑의 힘이 파리에서 멀리, 모든 것에서 멀리, 지구를 돌아 우주까지, 심지어 미지의 은하계까지 우리를 데려가 줄 겁니다. 그런데 이블린, 쇼핑 카트는 여기 놔두고 나중에 가지러 오자고요.

중요한 건, 마리베네딕트, 당신 마음에 드는지 아닌지가 아니에요. 내 마음에 드는지 아닌지도 아니고요. 중요한 건, 우리 커플이 성사되느냐 마느냐입니다.

이때쯤 지나가니까 곧 나타날 거야. 그럼 내가 말하는 거야. 〈저기요, 샤를 씨 아니세요? 샤를 부리푸아? 나는 쥘리예요. 쥘리 시파레. 기억나죠?〉 아냐. 이건 아냐. 차라리 이게 낫겠어. 〈샤를! 나야, 쥘리. 기억나지? 맞은편 제과점에서 일하는 쥘리. 몇 주일 전부터 같은 시간에 지나가는 거 봤는데.〉 아냐, 이것도 아냐. 차라리 이게 낫겠어. 〈샤를리, 옷차림 아주 근사하네! 나한테 빌려 간 돈으로 성공했나 봐. 나? 잘 지내지. 아니, 지금은 안 돼, 오후에 중요한 약속이 있어서 빨리 가봐야 해. 다음에 한잔하지, 뭐.〉 아냐, 이러는 게 훨씬 낫겠어. 〈네? 뭐라고요? 쥘리? 네, 내 이름이 쥘리 맞는데요. 쥘리 시파레. 근데 댁은 누구시죠? 샤를? 샤를 부리푸아라고 했어요? 모르겠는데요. 저기요, 자꾸 이러지 마세요. 댁의 이름도 얼굴도 누군지 기억 안 난다니까요!〉

내 감정은 전적으로 생물학적이라는 걸 너무나도 납득시키고 싶은 거예요, 마리아들린.

ORDINARY PEOPLE PRIDE
ORDINARY PEOPLE PRIDE
ORDINARY PEOPLE PRIDE

평범한 사람들의 행진

아, 로제, 핸드폰으로 듣고 있잖아. 너는 나를 볼 수 없겠지만 나는 네가 가발을 썼는데도 미친 듯이 춤추는 모습을 보고 너인 줄 알아봤어. 콜라레비농 변호사님 좀 바꿔 줄래? 금박 장식 스커트랑 망사 스타킹을 보고 알아봤거든. 변호사님과 화요일에 만나기로 한 약속 취소하려고.

물론 내가 정신과 치료를 시작할 때부터 쓰던 낡고 헐어 빠진 침상을 바꿀 거라고 환자들에게 알리긴 했다네. 하지만 이런 감동을 불러일으킬 줄이야.

우리 서로 그림을 바꿔 봅시다. 이 녀석들이 자리를 바꾸는지 되게 궁금한데.

안녕하세요, 미지의 여인(당신은 미지의 여인일 수밖에 없으니까요), 방금 브누아 베리스코 프레르 사(社)의 보안 책임자로 임명된 르네귀스타브 발라뱅이 당신을 감시하고 있습니다. 저는 늘 약하고 경솔한 여성을 지켜봐 왔거든요.

부모님은 서로를 위해서만 사셨어요. 열렬히 사랑하셨죠. 이혼할 때까지 〈사랑하는 당신〉, 〈내 사랑〉을 입에 달고 사셨거든요.

로베르, 나는 너의 자유분방한 정신이 좋아.

장샤를과 나는 일심동체야. 진정으로 일체가 되는 것. 근데 문제는 서로 자기 쪽으로 일체가 되길 바란다는 거야.

Sempé.

아침마다 나와 다정한 인사를 나누는 사람이라네. 이따금 내가 이삼일 자리를 비우다 출근했을 때 저 사람의 얼굴에 화색이 도는 걸 보면, 내가 인간미 있고 선하고 너그러운 사람이라는 느낌이 들어 기분이 아주 좋아져. 이 화분을 여기 놓고 책상 위치를 바꿨더니 저 사람이 나를 볼 수 없게 되었지. 나는 평온한 마음으로 일하면서 며칠 동안 얼굴을 안 보여 주기도 해. 그러다 인간미 있고 선하고 너그러운 사람이라는 느낌이 필요할 때마다 한 번씩 얼굴을 보여 주지. 그 느낌이 나를 미치게 만든단 말이야.

남자들은 처음부터 굉장히 공격적으로 나올 거예요. 그러니까 우리는 똘똘 뭉친 정신으로 작전에 임합시다. 평온하게 음식을 데워 상을 차려 주는 거예요. 특히 〈지금이 몇 신데 이제 들어오는 거야?!〉, 〈당신 지금 몇 신지 알아?〉 같은 부아가 치미는 말에는 절대 대꾸하지 말자고요. 우리는 방어적인 태세로 치열하게 버티되 무엇보다 냉정을 잃어선 안 돼요. 식사가 끝나면 거실에 앉아 조용히 장 도르메송이나 아멜리 노통브의 책을 읽는 거예요.

우리도 콘서트를 열려고요. 슈베르트, 버르토크, 올리비에 메시앙, 알반 베르크의 음악이요. 여러분은?

라미레 씨, 당신의 열정과 서정이 만들어 내는 감동적이고 정열적인 바리톤 음색은 우리 합창대의 뜨거운 숨결이에요. 하지만 작곡가의 감정에 당신 개인의 감정이 더해져서, 특히 「환희의 송가」에 영향을 주고 있어요. 이 곡의 가사는 〈프로이데 쇠너 괴터풍켄……〉인데 당신의 노래는 이렇게 들려요. 〈프리다, 오 환희여, 토요일에 오겠다고 약속하고, 맹세했잖아요.〉 기타 등등. 우리 연주회는 일요일이니까 부탁하는데 이 숭고한 9번 교향곡에 연주회 전날의 치욕스러운 개인감정을 섞지 말아 주세요!

● 베토벤 「환희의 송가」 첫머리의 가사는 〈환희여, 아름다운 신의 광채여〉라는 뜻이다.

sempé.

〈절망하는 당신
잘못 생각하는 거예요
당신은 아주 강인하고 멋진 마도로스
여기 육지가 있어요
힘을 내세요
내가 당신의 항구, 안식처이니〉

안녕 친구, 나야. 내 집 맞은편 서점 앞에 베르클랭이 나와 있네. 그래, 그자비에 베르클랭. 그는 나를 싫어해. 나도 마찬가지고. 햇빛이 좋아서 내가 창문을 약간 움직여 내 책이 햇살을 받게 했지. 그의 책에는 그늘이 졌고. 베르클랭이 그와 내 책에 관심을 보이는가 싶더니 서점으로 들어가 책들의 위치를 바꿔서 이번에는 그의 책에 햇빛이 들고 내 책에는 그늘이 졌어. 나는 또 창문을 약간 움직였지. 그러자 내 책은 다시 햇빛에 싸이고 그의 책은 어둠에 잠겼지. 베르클랭이 멍한 얼굴로 벤치에 앉아 있어. 나는 지금 내 문학적 삶에서 가장 치열한 순간을 살고 있어.

1

2

3

4

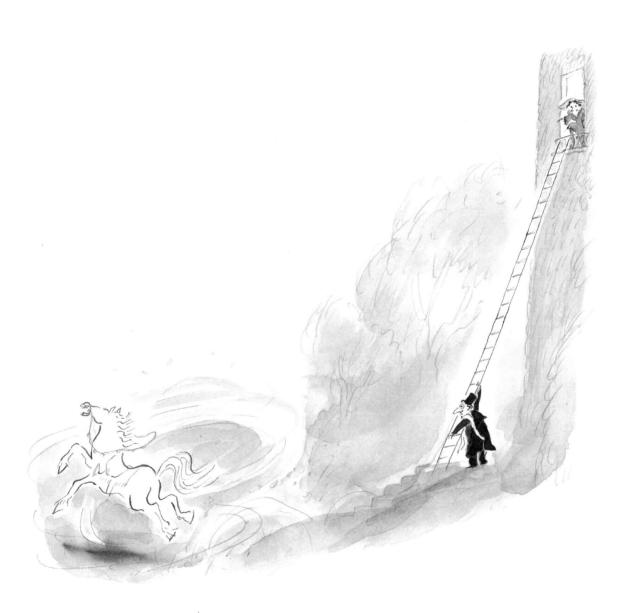

Sempé

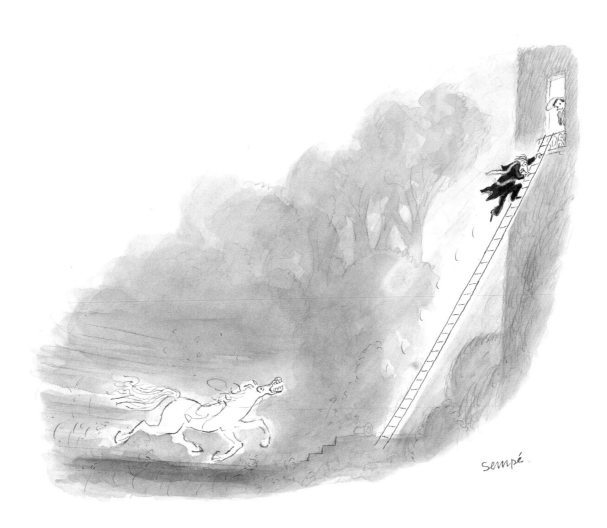

우리 사촌들의 집에서 잘 지내면서 빨리 허리 관절 전문가의 조언을 듣기 바란다. 여기는 좋은 소식이 있어. 루세트가 알을 낳았구나. 루세트, 기억나지? 조제트가 우리 집에 가져다준 암탉 말이야. 우리가 그 암탉을 먹지 않아서 조제트의 기분이 상했던 것 같아. 나는 달걀을 들고 조제트의 집으로 달려갔지. 달걀을 선물로 주며, 암탉을 바로 잡아먹지 않은 건 우리 집에 오자마자 죽이고 싶지 않았기 때문이었다는 말을 해주려고. 우린 화해하겠지만 좀 오래 걸릴지도 모르겠어. 날씨가 맑더니 별이 많이 떴네. 지금 진화론 전문가들이 대담하는 방송을 듣고 있는데 타이틀이 재미있어. 〈달걀이 먼저냐, 닭이 먼저냐?〉 내 대답은 조제트야.

정말 지옥 같은 저녁이었어! 내가 먹은 건 다 싱거웠고! 옆에 앉은 벨르랭브리보가 잡지 얘기를 꺼내면서 자기 역할을 〈전달자〉라고 정의하더라고. 지식이 붕괴되는 시대에 전달자의 중요성, 안내자의 겸손하지만 고귀한 사명감에 대해 열변을 토하면서. 요컨대 세 시간 동안 전달자 얘기만 들었다니까. 에드비즈는 이런저런 식이요법 때문에 음식에 소금을 치지 않고 벨르랭브리보가 양념을 독차지하고 있는데, 소금이나 후추를 전달해 달라고 말할 엄두가 나야 말이지. 그 말을 했다가는 벨르랭브리보가 도저히 용서 못 할 웃음을 사람들이 터뜨릴까 봐.

여보, 베르귀에 부인과 수다를 떨다가 벌써 20분이 지났어. 브리숑 가게에 카망베르 치즈 반 토막이 남아 있었는데 지금은 다 팔렸다고. 하지만 아직 염소젖 치즈는 남아 있어, 대여섯 개. 뒤르베동 부인이 브리숑 가게 쪽으로 가고 있어. 뒤르베동이 염소젖 치즈를 아주 좋아하거든. 의자에 짚을 갈아 넣는 사람들이 있는 길로 가면 먼저 도착할 수 있으니까 당신이 가서 몽땅 사 와!

sempé.

이보게,

자네 책은 어디까지 진행됐나? 어제 기유맹을 만났네. 극구 칭찬하면서도(진심이라는 걸 느꼈어) 92쪽밖에 안 되는 소설은 출판하지 않겠다고 거절하더군. 로랑과 카트린이 헤어지는 것으로 설정해 놨었는데 60~70쪽을 늘리기 위해 격한 장면들, 심지어 자살 시도까지 상상하며 작업을 시작했네. 7쪽이 늘어났지. 카트린은 이런저런 생각 끝에 남편과 일곱 명의 자식을 되찾은 걸 기뻐했어(남편도 그러길 기대하고 있었고). 그녀는 이미 고양이를 키우는 아이들을 위해 강아지 한 마리를 사기까지 했지. 7쪽이 또 늘어났네. 나의 유일한 희망은 개와 고양이의 사이가 안 좋은 거야. 빌어먹을…….

칸트, 이마누엘 칸트! 나는 칸트의 책을 한 줄도 안 읽었는데요!

● 심령을 불러내는 의식 중이다.

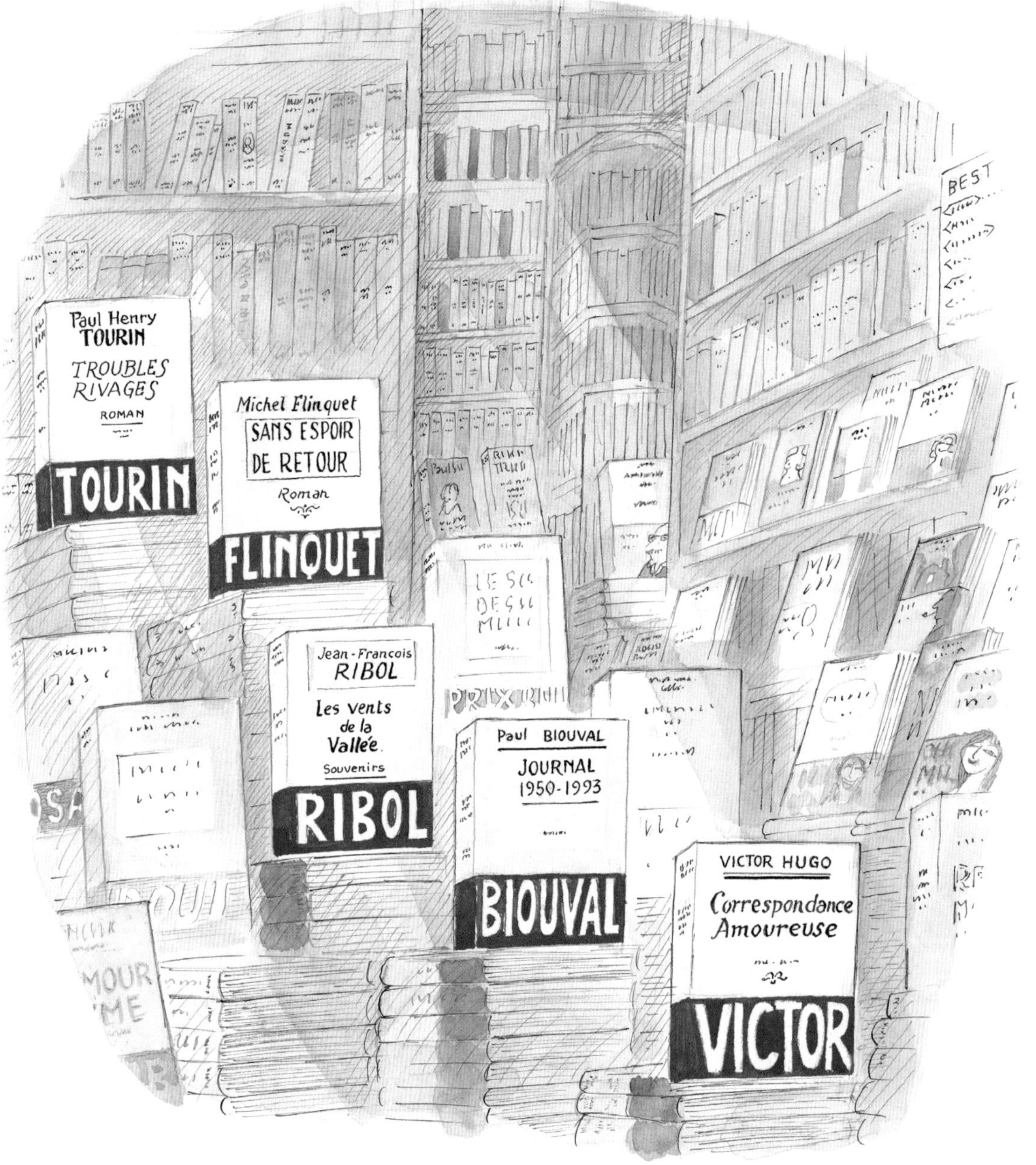

폴 앙리 투랭
불안한 기슭
투랭

미셸 플랭퀴에
희망 없는 귀환
플랭퀴에

장프랑수아 리볼
골짜기의 바람
리볼

폴 비우발
일기
1950-1993
비우발

빅토르 위고
연애편지
빅토르

도착했을 때 아이들과 장로베르에게 말했어. 나를 조용히 내버려 두라고. 그리고 작년에 읽다 포기한 조이스의 『율리시스』를 다시 읽기 시작했지. 이번에도 전혀 이해가 안 되는 거야. 샬그랭베라르 부부, 투르네빌 부부, 브리두 부부가 저녁 먹으러 왔어. 흔한 책인지 다들 읽었다고 하기에 마침 잘됐다 싶어 나는 이해가 안 된다고 말했지. 몇 가지 확인할 필요가 있었거든. 불안한 기색을 보이는 얼굴들에서 눈치를 채고 이렇게 덧붙였지. 〈아무튼 번역이 너무 엉터리〉라고. 그랬더니 다들 내 말에 동의하는 거야. 분위기가 누그러지면서 우리는 아주 즐겁게 저녁을 먹었어.

열렬하지만 무덥지 않은 소설을 찾는데요.

내 코치가 되어 주시겠소?

내 열성에 허영심이 약간 섞여 있는 건지 모르지만 나는 계절이나 시간과 관계없이 나의 빛줄기라 부르는 곳에 늘 자리를 잡았거든요. 그래서 말인데, 두세 자리 떨어진 데로 옮겨 주시면 안 될까요?

어느 날 아침을 먹다가 신문에서 이런 기사를 읽었어. 〈피카소는 존재한 적이 없었다.〉 나는 그 기사가 나쁘지 않더라고.

간밤에 악몽을 꿨는데 거기서 헤어나질 못하겠구먼.

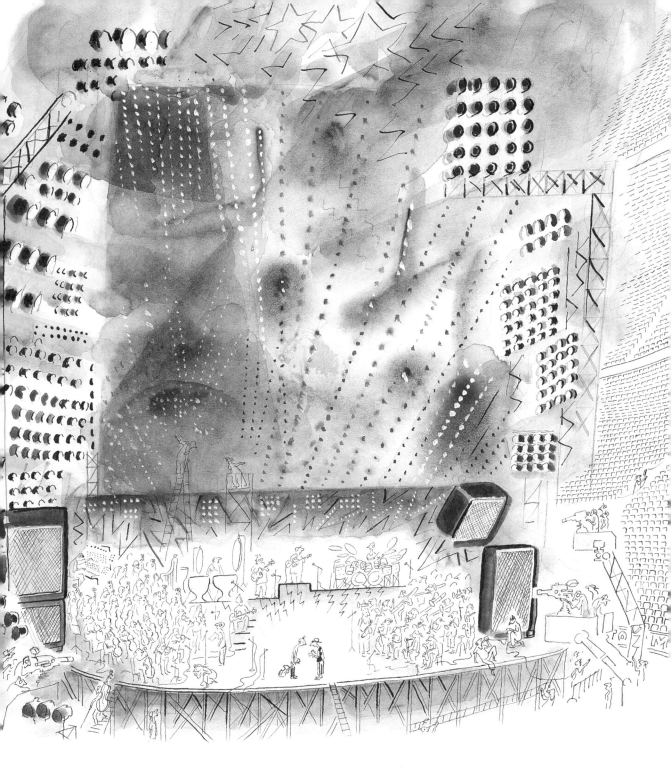

이 노래가 〈그녀는 떠났다 —〉로 끝난다는 거 잊지 마. 〈—〉 부분에서는 당연히 소리를 내서는 안 되지만 바닥에 놓인 책장을 넘기거나 장미 꽃잎을 살짝 뒤집는 정도의 미풍 같은 건 느껴져야 해.

오늘 저녁, 새로운 의미의 진정성에 빠져들 겁니다. 바이코예프 케르비리안 악단이 연주하는 6~7세기 무곡 캅카스의 민중 음악에 맞춰 춤을 춥시다. 첫 곡 「체코비안 파르카옙카야」는 환상곡으로, 우리의 박학한 친구 민스키 교수의 번역에 따르면 노랫말 〈바츠카 베르카렌〉은 〈소들이 향기가 더 짙은 풀을 찾아 초원으로 흩어지고 있다〉란 뜻으로, 사귀던 기사를 배신하고 다른 기사를 찾아 떠나는 여성을 의미하죠. 우리의 박학한 친구는 이 에피소드가 캅카스에서는 일반적으로 격렬한 싸움으로 번진다고 주의를 주지만, 진정성을 향한 우리의 품격으로 거기까지는 가지 않기 바랍니다.

아침마다 여기 오기 전, 나는 소파에 누워 선생님에게 무슨 말을 할지 큰 소리로 요점을 정리해요. 그이는 내 옆에 놓인 의자에 앉아 있고요. 내가 말을 멈추면(뭐라고 말할지 생각하거나 몇 가지 사실을 폭로할지 말지 망설일 때) 귀여운 고양이가 마치 나에게 용기를 주듯 야옹거려요. 아니, 〈야옹〉이 아니라 아주 부드럽게 〈미야아아〉 하며 내 가슴을 따뜻하게 보듬어 주는데, 그 소리를 들으면 말을 계속할 수 있어요. 생각이 명확해지고 편안한 마음으로 여러 가지 얘기가 술술 나오거든요. 그게 우리에게 큰 도움이 될 거예요. 선생님이 해주신다면 우리는 시간을 많이 아낄 수 있을 거예요. 〈야옹〉이 아니라 〈미야아아〉(야를 아주 길게 끌어야 해요) 하며 고양이 소리를 내주세요.

노르베르, 당신에게 신세를 많이 졌네요. 이제는 우리 사이가 틀어질 때가 된 것 같군요.

위층에 불 켜진 창문 둘, 내가 당신에게 말했던 미국 여자예요. 전화를 걸어 들르지 못한다고 말할 거예요. 창문 두 개의 불이 꺼지면 그녀는 친구를 만나러 나갈 겁니다. 건물 측면에 있는 창문 여덟 개, 그게 내 집이죠(복층이거든요). 내가 곧 도착한다고 말하면 창문 여덟 개가 환해질 겁니다. 텔레비전을 보던 아내는 저를 따스하게 맞아 주는 분위기를 만들기 위해 모든 전등을 켜놓거든요. 건물 꼭대기 층의 창문 세 개, 툴루즈 출신의 사랑스러운 여자가 사는 집이죠. 그녀 역시 내가 갈 수 없다는 걸 알면 전등을 끄고 친구를 만나러 나갈 겁니다. 나는 오랫동안 나 자신이 내 인생의 극작가(희극이든 비극이든)라고 생각했어요. 그리고 내가 주인공이라고 생각해 왔는데 이제 깨달았어요. 조명 담당자에 불과하다는 걸.

아직도 화가 나 있는 거야?

그이가 나갔어요. 나는 오매불망 기다렸고, 그이가 돌아왔어요. 그래서 이번에는 내가 나갔죠. 그이는 약간 불안한 마음으로 기다렸지만 나는 돌아왔어요. 얼마 후 우리는 깨달았죠. 우리가 같이 있기 때문에 더는 아무것도 기다리지 않는다는 걸. 그래서 우리 둘 다 나가기로 했죠. 한 사람이 돌아오면 기다리던 사람이 다시 나가는 것으로 우리는 서로 차례를 기다리게 되었죠. 하지만 불행하게도 우리는 더 이상 나가고 싶지 않았고, 극도로 불안해지는 문제에 부딪혔지요. 이렇게 불안한데 어떻게 누구를 기다릴 수 있겠어요!

어머나, 그 옷을 어쩌면 좋아! 우리가 방법을 알려 드릴게요. 대야에 45도로 데운 증류수를 담고 산패한 술 조금, 나프타 조금, 사염화물 몇 방울, 글리세린을 조금 타세요. 옷감이 리넨이나 실크, 크레이프라면 빗물에 고사리 태운 아주 하얀 재와 천연 세제인 〈솜미에르의 흙〉을 넣어 달인 다음 옷에 뿌려 놓고 자국이 사라질 때까지 내버려 둬요. 그래도 얼룩이 남아 있으면 암모니아수, 알칼리 몇 방울, 증류수, 에테르 약간, 아세톤 세 방울을 혼합해서 뿌려요. 그런 다음 햇빛이나 벽난로 가까운 데 두고 말리면 돼요.

요즘 인간의 뇌 구조에 관한 흥미진진한 책을 읽고 있어요. 가령 당신이 공원에 들어왔는데 내가 당신을 알아보지 못한 거예요. 하지만 저자가 〈유익하고 도움을 받을 수 있는〉 부분이라고 부르는 나의 뇌 한 부분은 이렇게 주장해요. 〈맞아, 그 사람이야!〉 나는 속으로 말하죠. 〈아니, 그 사람 아니야.〉 유익하고 도움을 받을 수 있는 뇌의 일부는 또 주장해요. 〈폭삭 늙었지만 그 사람이 맞다〉라고. 가까이 보니 당신이었어요. 따라서 우리 뇌에 유익하고 도움을 받을 수 있는 부분이 없으면 우리는 서로 몰라보는 거죠.

다들 같은 말을 해. 〈자기 자신이어야 한다.〉 친구들, 가족, 정신과 주치의, 하나같이 같은 말만 하는 거야.
〈자기 자신이어야 한다.〉 하도 그러니까 내가 주눅이 들어서 의욕이 싹 사라졌다니까!

바보같이 굴지 마. 치즈에 이르는 길을 단박에 찾아내면 저들은 필시 당황할 거야. 반면 네가 우물쭈물하며 여러 번 헤매다 고생 끝에 길을 찾아내면 저들은 기뻐할 뿐만 아니라 실험을 다시 해보려고 들 거야. 그럼 너는 치즈 한 조각을 더 얻는 거잖아.

첫날 회의는 중요한 질문으로 끝맺읍시다. 환자에게서 이따금 저절로 치유되기도 하는 강박 신경 장애 증세가 나타난다면 기다려야 할까요, 아니면 즉시 치료를 시작해야 할까요?

나는 자네가 털어놓은 얘기를 입도 벙긋하지 않겠다고 자주 맹세했고, 자네는 내가 방금 털어놓은 얘기를 아무에게도 발설하지 않겠다는 다짐도 했었지. 서로 약속을 지켰다면 우리 사이에 할 얘기가 없었으리라는 걸 깨달았네.

자, 자! 우리끼리는 솔직해집시다. 1968년 5월 바리케이드 옆에 섰던 사람은 둘째 손가락을 들어 주세요!

● 프랑스 드골 정부와 사회의 모순에 대한 젊은이들의 저항 운동인 〈5월 혁명〉을 의미한다.

견디기 힘든 주말이었어요. 가족회의에서는 내가 정신 분석을 받으면서 우리 집의 정신적 자산을 상당 부분 낭비한다고 평가하더라고요(어쩌면 그들이 옳을지도 모르죠).

내가 어떻게 말해야 여러분을 위하는 건지 모르겠지만 앙리샤를과 나는 이따금 이데올로기적인 탈선의 시대에 대해 치밀어 오르는 노스탤지어를 느껴요.

실연의 아픔이 전염병처럼 번지고 있는 것 같습니다. 최근에 뫼르트에모젤에서 세 명의 희생자가 발생한 뒤 이블린 지역에서도 두 건의 미심쩍은 사건이 신고되었습니다. 이 사건들이 흔한 실연의 슬픔 때문인지 아니면 진정한 사랑의 아픔 때문인지 규정하기 위해 현재 신경 정신과 의사들의 분석을 기다리고 있습니다. 그럼에도 불구하고 보건복지부에서는 가능한 한 집 안에 머물고 사람들을 만나는 걸 삼가라고 당부하고 있습니다.

남자들이 하는 대화를 조금 듣고는 혀를 내둘렀어요. 만능 해결사들이더라고요. 공해, 핵, 돈, 기타 등등. 그들에게 유일한 문제는 골치 아픈 일이 생기는 거죠. 내연녀가 있다는 걸 아내에게 들키지 않으려면 어떻게 해야 하느냐, 그들의 삶이 달라지지 않는다는 걸 내연녀가 너무 빨리 알아차리지 않게 하려면 어떻게 행동해야 하느냐 그런 거 말이에요.

상관없어요, 장관님. 우리가 여기서 만나는 게 중요합니다.

나도 예전에는 그와 비슷했어요. 너무 막막해서 내 신원을 밝힐 필요를 느꼈죠. 파리 8구 미로메닐 거리에 있는 골동품상 장르네 풀리뇽, 학력, 학위……. 그러다 내가 페리괴에 이어 발랑시엔 그리고 이내 홍콩에 지점을 하나씩 열면서부터는 그럴 필요성이 없어졌지요.

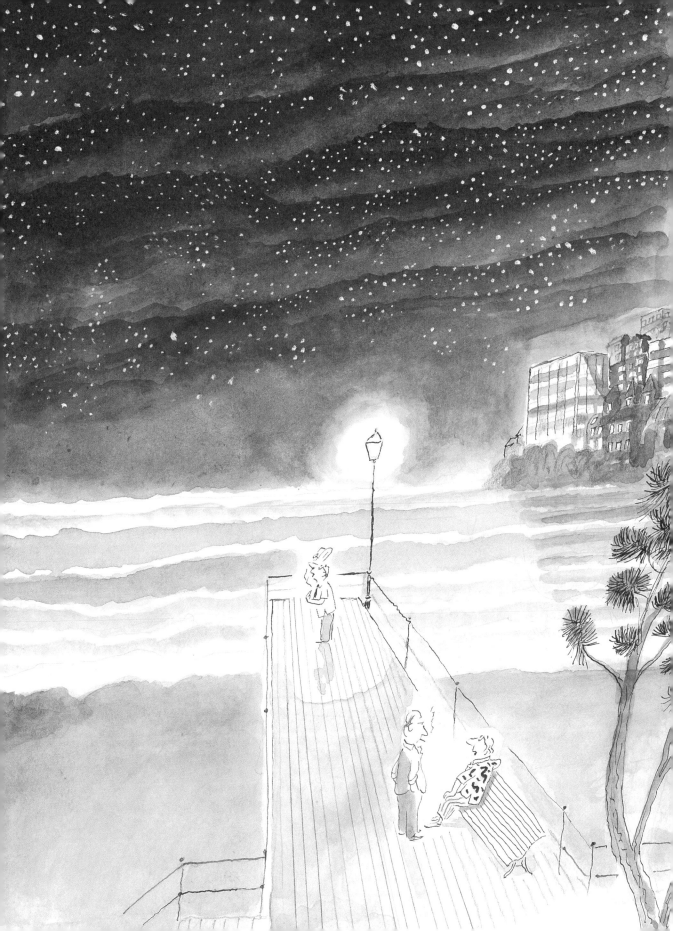

마담 베르게랭, 나는 잘 들리고 아주 잘 보여요. 자연환경과 우주에 비하면 우리가 미미한 존재라는 것에는 관점이 같아도 지금 쓰고 있는 모자를 선택한 것은 좀 문제가 있어 보이네요. 개미 같아서요.

너희들의 증조부 샹폴리옹(나는 증조부에게 왜 이런 별명을 붙였는지 이유를 전혀 몰랐어)은 인간이 자주 쓰는 단어를 알아봤기 때문에 그들의 언어를 해독할 수 있었지. 바로 〈시간〉이라는 단어야. 〈시간이 없다〉, 〈일할 시간이다〉, 〈시간이 부족하다〉, 〈시간을 좀 달라〉 등등. 그런데도 정작 시간의 의미는 이해하지 못했기 때문에 비관만 하다 죽었어.

● 샹폴리옹은 프랑스 학자이며 이집트 상형 문자 해독에 처음으로 성공했다.

작은 역마다 멈춰 서는 이런 옛날 기차 여행이 정말 좋아.

나 간밤에 끔찍한 악몽을 꿨어, 마리오딜.

뭔가를 해야 합니다. 날이 갈수록 일이 커지고 있습니다. 풍요로운 음식을 악마로 만들기 시작하더니 담배를 악마로 만들기까지 했습니다. 그리고 어제는 설탕이 악마가 되고 있음을 알았습니다.

누가 곤란한 일을 당했다는 말을 들으면 순간적으로 연민 섞인 쾌감을 느낄 때가 있습니다. 이런 쾌감은 당신께서 인간에게 벌을 준 것이 그럴 만한 이유가 있기 때문이라는 확신에서 오는 겁니다. 하지만 이 작은 쾌감이 당신을 자극해 그다음은 우리에게 보복하는 게 아닐지 궁금합니다.

앙리르네, 당신만 빼고는 모두 피했어요. 우리가 안심할 수 있도록 장식 좀 몇 개 흔들어 줄래요?

스콜라 칸토룸 출신의 마담 폴리퐁데라께서 그녀의 체류에 대해 여러분에게 감사한다는 뜻으로 우리의 작은 해수욕장을 위해 작곡한 이 카논(돌림 노래 말이죠)을 보내 주신 걸 아주 자랑스럽게 생각합니다. 이 곡은 쉽게 배울 수 있어요. 어린이 여러분이 부르는 부분 〈아무도 없는 작은 마을〉은 같은 음 〈도〉가 계속됩니다. 어른들은 〈이제 나는 이유를 알아〉 이 부분을 〈라〉 음으로 받아 부르고요. 어린이들이 〈도〉 음으로 〈해변에는 아무도 없네〉를 이어 부르면 어른들이 〈라〉 음으로 〈이제 나는 이유를 알아〉 하고 부르는 거예요. 마지막 부분은 어린이들과 어른들이 함께 부릅니다. 〈아무도 햇볕에 탈 수가 없다네, 이유는 묻지 말아요.〉 그러니까 오늘 저녁 시청에서 열리는 특별 공연에서 이 곡을 부르려면 열심히 연습해야겠죠?

나도 자네처럼 애가 둘인데, 침대차가 달라.

● 어머니만 다른 경우를 보통 〈침대가 다르다〉라고 속어적으로 표현한다.

아이의 개성에 맞춰 머리를 쥐어짜며 정하는 이름들(솔렌은 쌍둥이 이름을 세자르와 발타자르라고 지었고, 지슬렌은 딸 이름을 식스틴이라고 지었어)에 싫증이 났어. 그래서 르노와 나는 쉬운 이름 폴을 선택했지. 폴 세잔, 폴 고갱, 폴 발레리, 폴 매카트니처럼.

오세앙 호텔 사설 해변에 새로 온 사람으로서 겸손하고 위선적이지 않게 나를 소개하는 것이 의무라고 생각합니다. 무미건조한 싱글 생활에 지쳐서(나는 전문 회계사입니다) 바캉스 동안 나와 동행하고 싶은 여성을 찾으려 합니다. 내 계획을 솔직하게 말씀드리겠습니다. 여성들은 아침마다 싱그러운 꽃다발을 받을 것이며, 바다 소풍을 위해 이 배와 노련한 사공을 빌렸고, 샴페인 파티를 두 번 열려고 합니다. 가장 엄격한 예의 규칙은 절대로 위반하지 않을 겁니다. 행복한 만남이라는 느낌이 오는 즉시 편안하고 정상적인 생활의 흐름을 되찾을 겁니다. 그리고 거기에서 더는 어떤 위험한 일도 하지 않을 겁니다.

EL DE L'OCEA
HOTEL DE

날씨가 기막히게 좋아. 마리로랑스, 네가 오면 기쁘겠어. 미리 알려 주는데 여긴 아무도 없어. 아무도 없다는 것, 내가 무슨 뜻으로 하는 말인지 알 거야.

앙리 크리스토프 씨(앙리라고 해야 할지 크리스토프라고 해야 할지 몰라 한꺼번에 부르는 거예요), 내 말 들리죠? 결단력 있는 베르트랑이 소방서에 연락했지만 소방대원들은 이 지역 반대편의 화재 사고 현장에서 전설적인 용기로 불과 싸우느라 바쁘대요. 소방대원들은 숙달된 기량으로 화재를 진압할 게 틀림없어요(우리가 소방대장을 잘 알거든요). 구조대가 오길 기다리며 우리는 튼튼한 밧줄(20미터에서 40미터 사이)을 찾아야 해요. 이웃에 사는 영국인 리처드슨 씨가 틀림없이 갖고 있을 텐데(영국인들은 대단히 실용적이잖아요) 지금 양녀의 결혼식 때문에 니에브르에 가 있어요. 나는 이 길로 가서 대문 앞에 있는 사람들을 안심시킬 거예요. 발이 바닥에 닿으니까 당신이 계속 펄쩍펄쩍 뛰기만 한다면 숨을 쉴 수 있을 거라고. 도르래는 아직 작동해요. 모조 버드나무 가지 바구니를 내려보낼 거니까 당신과 함께 떨어진 화이트 와인 한두 병을 담아 주세요. 우물둔덕 일부가 허물어졌을 때 당신이 괜찮은지 걱정했던 사람들에게 와인을 대접하려고요, 그리고 살살 좀 말해요, 앙리 크리스토프. 이 우물은 아주 오래된 것이라(사람들이 말하길 로마 시대 때 만든 거래요) 소리가 크게 울려요. 꾸르륵꾸르륵 소리만 들리는데 앙리 크리스토프, 당신이 내는 소리는 아니겠죠. 꼭 욕하는 것처럼 들리거든요.

내가 학교 운동장에서 말했잖아요. 당신이 들고 있는 건 피켓이 아니라 저학년용 농구대 백보드라고. 출발할 때 하도 시끌벅적해서 못 들었군요.

민트 티 한 잔과 사람 몇 명, 부탁해요.

내 팀과 내가 직접 열심히 연구한 결과(알다시피 많은 변수가 있으니까요) 마침내 수치를 나타내는 양자 시뮬레이터 덕분에 내가 큰 희망을 걸고 있는 계획에 관해 일어날 수 있는 모든 돌발 사건을 당신에게 보여 줄 수 있게 됐어요. 마리베네딕트, 그러니 주말은 도빌에서 보냅시다.

Sempé.

돌풍과 소강

옮긴이 이원희는 프랑스 아미앵 대학교에서 「장 지오노의 작품 세계에 나타난 감각적 공간에 관한 문체 연구」로 석사 학위를 받았으며, 현재 전문 번역가로 활동하고 있다. 옮긴 책으로 장 지오노의 『언덕』, 『소생』, 『세상의 노래』, 『영원한 기쁨』, 아민 말루프의 『타니오스의 바위』, 『사마르칸트』, 칼릴 지브란의 『예언자』, 장크리스토프 뤼팽의 『붉은 브라질』, 다이 시지에의 『발자크와 바느질하는 중국 소녀』, 소피 오두인 마미코니안의 『타라 덩컨』, 『인디아나 텔러』, 장자크 상페의 『각별한 마음』, 『사치와 평온과 쾌락』 등이 있다.

글·그림 장자크 상페 **옮긴이** 이원희 **발행인** 홍예빈·홍유진 **발행처** 주식회사 열린책들 **주소** 경기도 파주시 문발로 253 파주출판도시 **전화** 031-955-4000 **팩스** 031-955-4004 **홈페이지** www.openbooks.co.kr ISBN 978-89-329-1901-0 03860 **발행일** 2015년 5월 25일 초판 1쇄 2018년 10월 15일 신판 1쇄 2022년 9월 15일 신판 2쇄

이 도서의 국립중앙도서관 출판예정도서목록(CIP)은 서지정보유통지원시스템 홈페이지(http://seoji.nl.go.kr)와 국가자료공동목록시스템(http://www.nl.go.kr/kolisnet)에서 이용하실 수 있습니다.(CIP제어번호: CIP2018025465)